OSCAR Y EL MUNDO MÁGICO DE LOS ÁRBOLES

Oscar y el mundo mágico de los árboles
Traducción: Gastón Gorga
Texto: Angela Calaminici
Ilustraciones: Romina Zoccali

Proyecto editorial: Gabriele Nero
Proyecto gráfico: Pamela Vargas

Copyright© 2021 El Doctor Sax
All rights reserved
ISBN: 9798788407449

El Doctor Sax
Beat & Books

eldoctorsax.blogspot.com
Facebook.com/eldoctorsax

OSCAR Y EL MUNDO MÁGICO DE LOS ARBOLES

Angela Calaminici   Romina Zoccali

PINGUINO ROSA
El Doctor Sax

Dedicado a Alice y Giulia.
Gracias por la alegría, el amor y la imaginación
que me regalan todos los días.

Una mañana de septiembre, cuando el sol inauguraba un nuevo día, unas voces que provenían del bosque despertaron a Oscar, una pequeña ardilla, vivaz y curiosa, que dormía acurrucada en su lecho de hojas. Era extraño escuchar a alguien hablar tan temprano por la mañana, y por eso Oscar, a pesar de aún estaba un poco dormido, se frotó los ojos y comenzó a saltar de rama en rama mientras seguía las voces que parecían cada vez más cercanas: ¡su curiosidad era demasiado fuerte!

Con unos pocos saltos se acercó a unos árboles que conversaban entre sí animadamente. Esa mañana, los árboles se habían despertado con una extraña idea en la cabeza: ¡querían saber quién de ellos era el árbol más hermoso, más importante y más famoso del mundo! Cada uno de ellos, por supuesto, creía ser el mejor de todos.

El pequeño Oscar estaba tan interesado y entretenido con esta discusión, que decidió sentarse cómodamente sobre una rama, mientras mascaba una bellota y presenciaba el alboroto que apenas comenzaba. «¡Ahora escucharemos unas buenas historias!», pensó divertido.

Los árboles más seguros de su belleza eran unos árboles frutales, en particular MANZANO, CEREZO y ALBARICOQUE, que creían ser por lejos los más hermosos, y se daban aires de importancia agitando sus ramas cargadas de flores y frutos en el aire. «De nada sirve andar con rodeos, somos los árboles más bellos e importantes: ¡los árboles frutales! Mirad nuestras ramas, primero se cubren de espléndidas flores, y luego se llenan de buenos y sabrosos frutos. La gente compite por recogerlos porque con ellos se pueden preparar mermeladas, dulces y otras delicias que gustan a todos, ¡especialmente a los niños! Y además, ¿Han llegado a oler nuestro perfume? Somos muy fragantes».

«Bueno, si hablamos de perfume... ¡No tengo rival!», Exclamó TILO, un árbol elegante y refinado que daba lecciones de estilo a todos, ¡aunque a veces se mostraba un poco orgulloso! «Mi perfume es tan peculiar que las abejas lo pueden reconocer a kilómetros de distancia, y me vienen a buscar expresamente para tomar el néctar de mis flores... ¿Y sabéis qué hacen con él? ¡Miel! ¡Además de ser deliciosa, ayuda a los niños a recuperarse de la tos y de los resfriados! Y además», continuó mientras agitaba sus ramas, «¿habéis visto cuánta sombra puedo dar con mis hojas?»

«¿Qué cosas debo escuchar? ¡Si aquí hay un árbol que consigue refrescar a todo el mundo con su sombra, ese soy yo!», dijo una anciana ROBLE, regañando a sus compañeros. La señora ROBLE parecía una maestra, con su expresión severa y el tronco lleno de arrugas, y pensaba que siempre tenía razón. «¡¡¡ Soy el árbol más famoso, porque soy un árbol SECULAR !!! ¿Sabéis lo que eso significa? Significa que soy un árbol muy sabio y que lo sé todo, por todas las cosas que he llegado a ver con mis propios ojos ... bueno, quiero decir con mis propias ramas. Mi madera es fuerte y resistente. Todos los niños sueñan con poder construir una casa en medio de mis ramas, y además, ¿Os habéis fijado en mi altura? Soy el árbol más alto del mundo...»

«¡Basta, basta, paren todos! ¿No querrán ser conocidos como los árboles más mentirosos del mundo, verdad?»
«¿Pero quién habla?» Se preguntaron los árboles, mirando a su alrededor, «No vemos a nadie...»
«Por supuesto que no podéis verme», continuó la voz, «¡¡¡Soy demasiado alto para vosotros, soy la SECUOYA GIGANTE !!!» Todos miraron hacia arriba y vieron al árbol que había hablado, que era enormemente alto. Nadie tuvo el valor de decir más nada. Sobre todo la señora ROBLE, que se había jactado tanto de su altura, ahora estaba roja de vergüenza.

«Lo siento por vosotros», continuó la Secuoya, «pero yo soy el árbol más famoso del mundo. Miradme, ¡se necesitarían al menos una docena de vosotros para alcanzar mi altura! ¡No pueden competir conmigo!»

Al escuchar estas palabras, el SAUCE LLORÓN, que esperaba el momento apropiado para mostrar toda su belleza, inmediatamente se echó a llorar. ¡Pensaba que era tan hermoso con la espesa cabellera que caía entre sus ramas, pero nunca llegaría a ser tan alto como la Secuoya!
«¡Oh, estoy muy triste! , exclamó en un sollozo».

En ese momento Oscar, que hasta ese entonces había prestado gran atención a toda la discusión, decidió romper su silencio: «No seas el SAUCE LLORÓN de siempre, la Secuoya podrá ser el árbol más alto del mundo, pero ciertamente no es el más importante, ni el más bello!»

«Si no soy yo, ¿cuál es el árbol más hermoso entonces?»

«¡Es él!» Respondió la ardilla señalando a PINO, un pequeño y tímido abeto que estaba escondido en un rincón y no se atrevía a decir palabra.

Todos los árboles comenzaron a reír y la vieja ROBLE reprochó a Oscar: «Querida ardilla, esta vez sí que has dado la nota. ¿Acaso te burlas de nosotros? ¿Lo has visto bien? Este árbol es quizás el más chico del bosque, sus hojas son tan pequeñas y puntiagudas que ni siquiera sirven para dar un poco de sombra, tiene un olor que no sabe a nada, y mira sus frutos ... ni siquiera son comestibles!»

«¡Ya! ¡Ni siquiera entendemos para qué sirven!» Dijeron MANZANO, CIRUELO y ALBARICOQUE , escandalizados.

Todos los árboles se burlaron del pobre abeto y hubo un gran alboroto, pero la ardilla tomé valor y gritó: «¡SILEEEENCIOOOO!»
«Queridos árboles, puede que tengáis razón, visto así, este pequeño abeto puede parecer apenas un arbusto comparado con vosotros, pero hay una cosa que no sabéis: ¡este árbol es mágico, es especial!»

«Cuando llega a los hogares, todo se vuelve más hermoso y se llena de magia. A los niños les encanta, y lo decoran con guirnaldas, lazos, bolas y luces de colores. Este árbol llena cada hogar de dicha, felicidad y alegría. A su alrededor se cantan dulces melodías y a sus pies se colocan obsequios bien envueltos, a la espera de ser abiertos el día de la fiesta más anticipada por los niños. Quizás nunca lo hayáis visto y por eso no podéis entenderlo, pero les aseguro que durante la época más fría del año, cuando afuera está oscuro y hay nieve por todas partes, hay un solo árbol que brilla entre todos los demás gracias a su belleza, y ese es él: ¡el árbol de Navidad!»

RECORTES

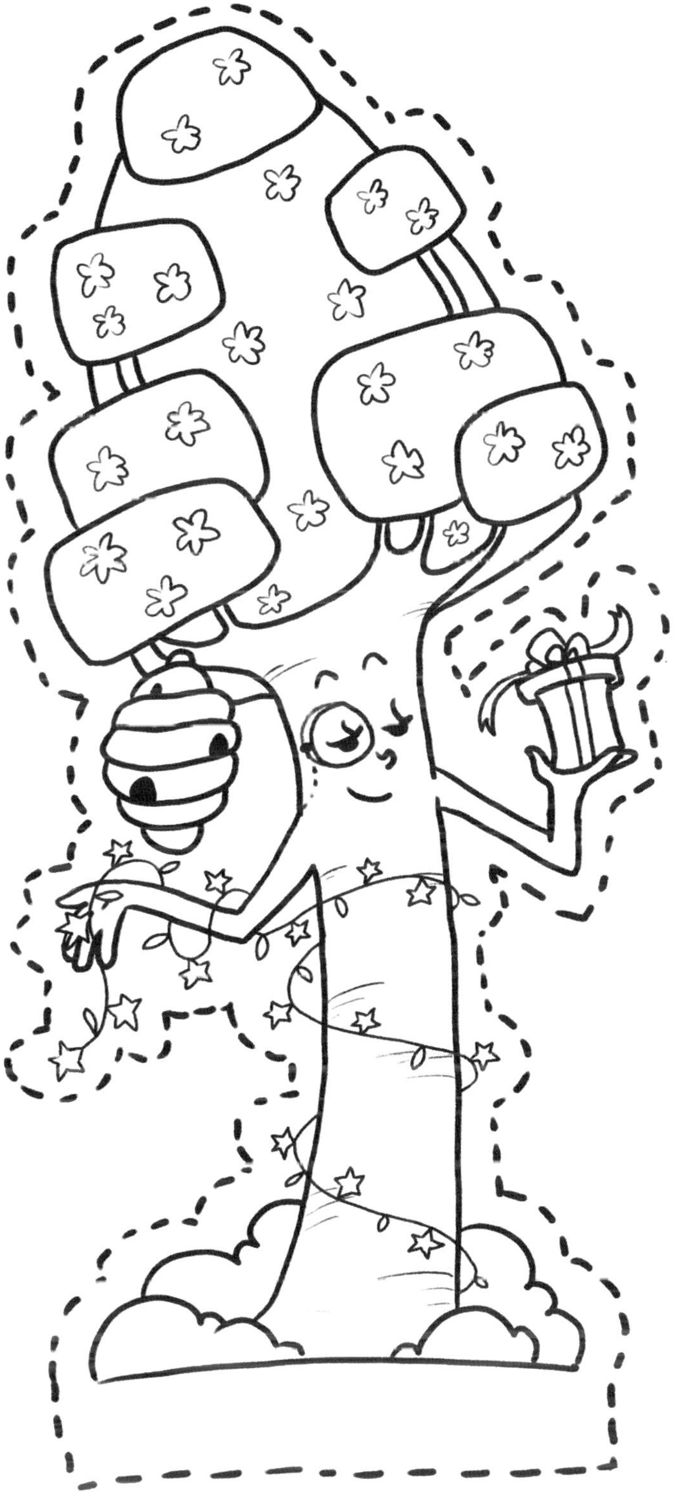

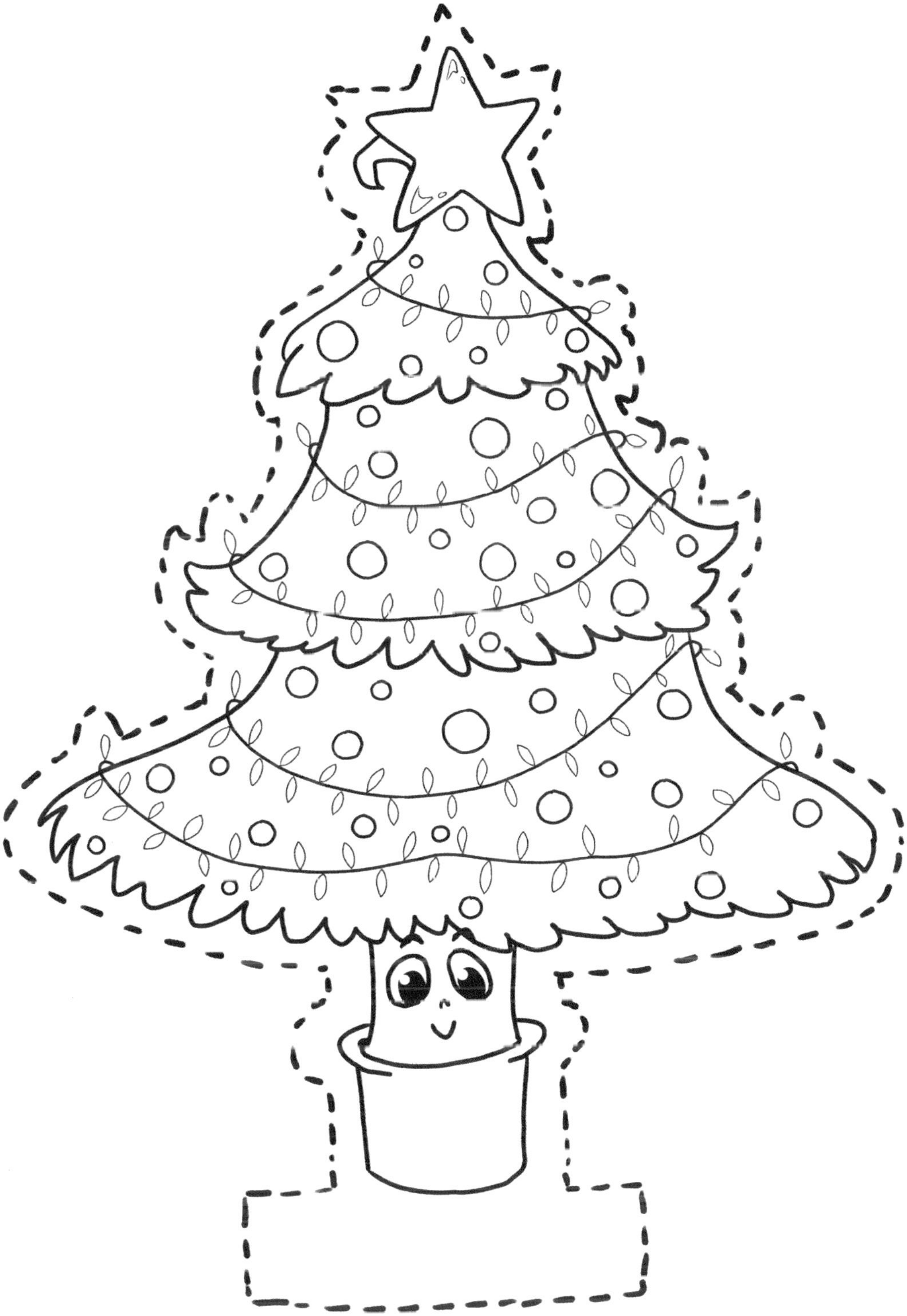

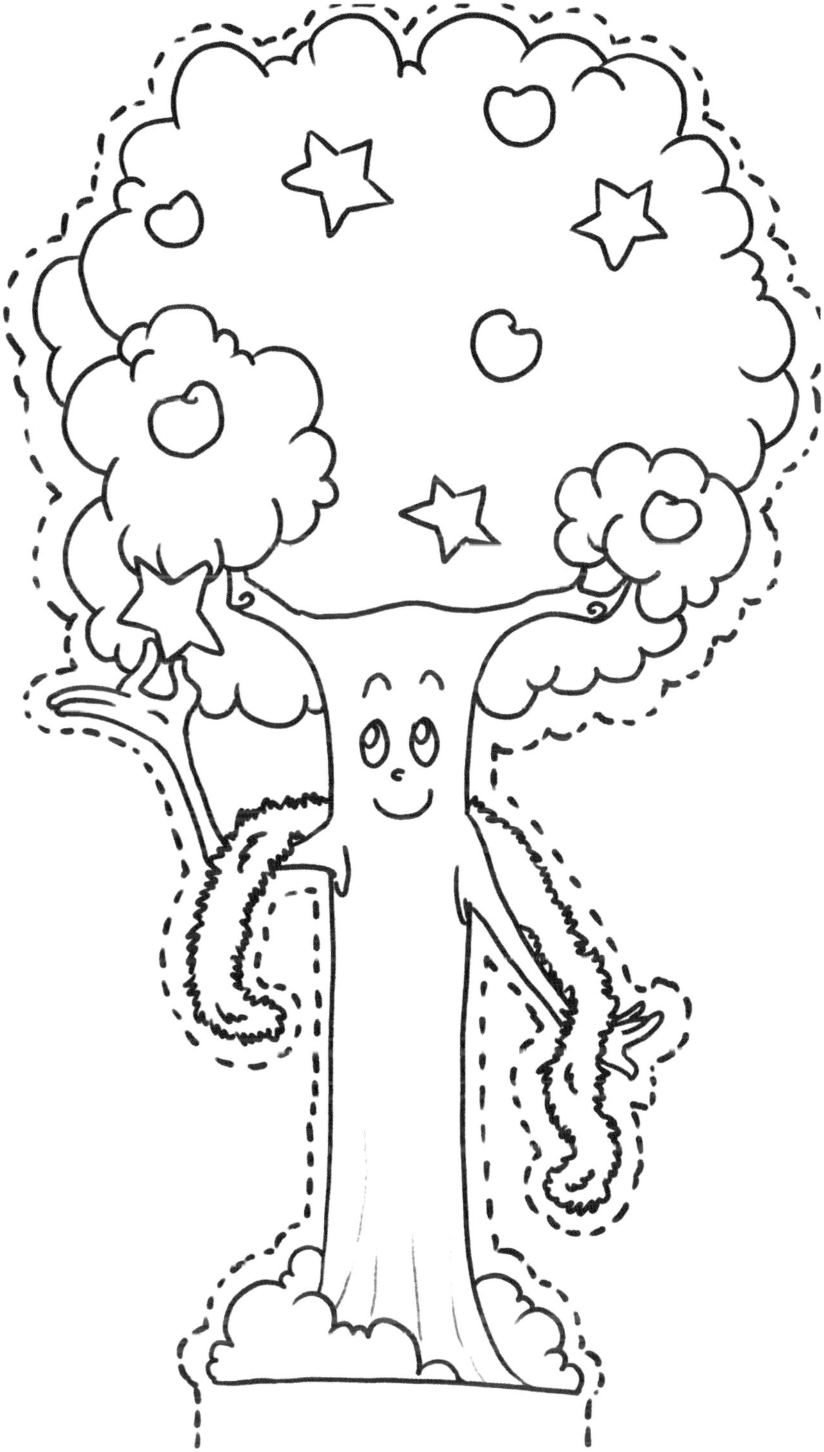

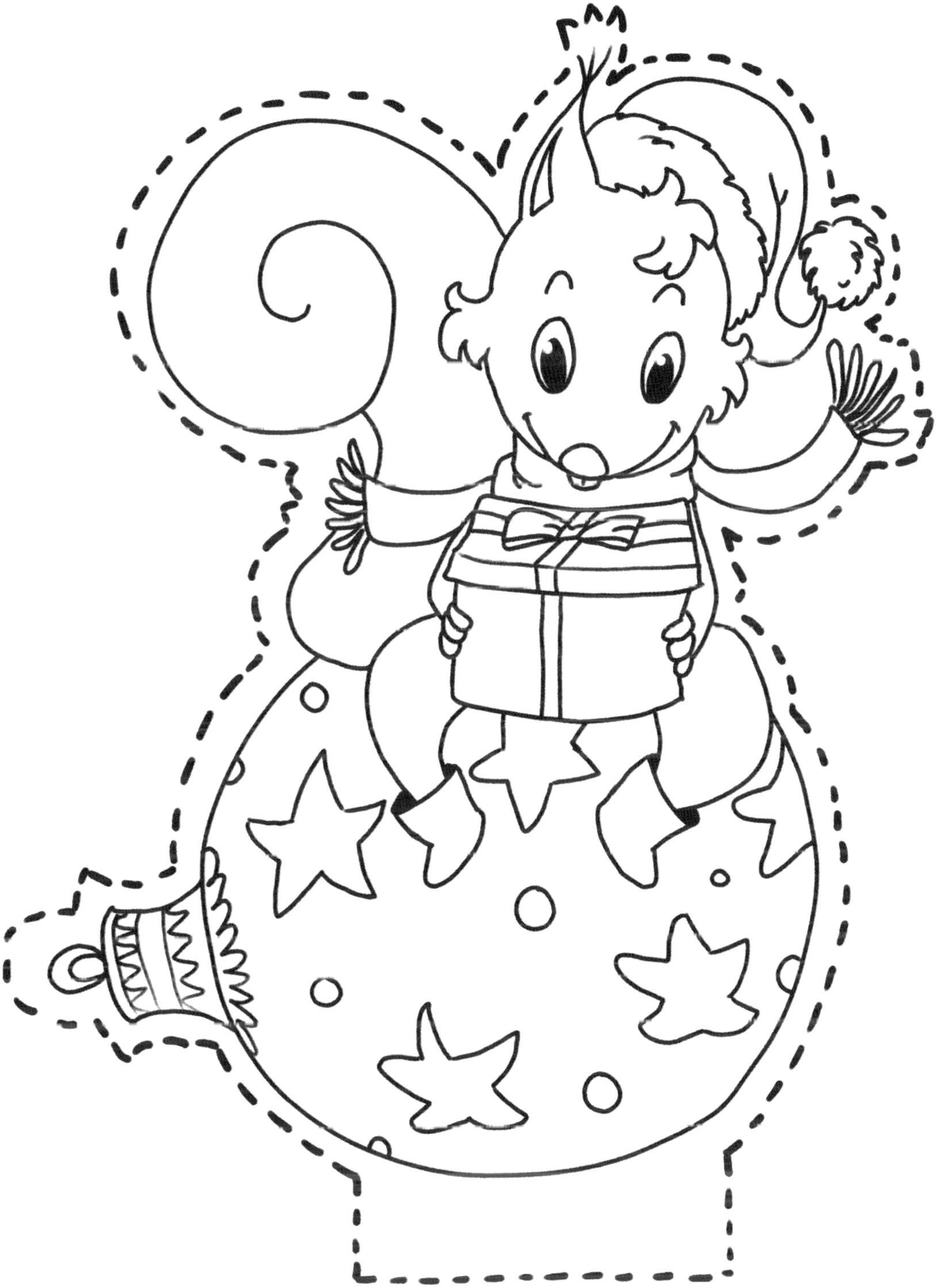

El Doctor Sax
Beat & Books
Calle Quart 21 Valencia
Spain
Facebook.com/eldoctorsax
www.eldoctorsax.blogspot.com

Printed in Great Britain
by Amazon